歌集

風越の峰

長沼紀子

砂子屋書房

＊目次

I

五月の風　13
光の中に　16
スローテンポ　21
風越《かざこし》の峰　25
しみじみ温し　29
母の顔　33
父の銀杯　35
影絵　41
沖縄の夫　44

夫の凱旋　47
美容師の道　54
喘息が棲む　57
春は無防備　61
あんよは上手　66
千古の謎　70
天神の秋　78
お約束　83
目尻を下げる　88
冬将軍　92
小さな幸　99

義兄逝く　104
カット待つ子ら　107

II

三陸の海　113
幾星霜　117
日間賀《ひまか》の幸　126
鮟鱇尽し　128
花アカシア　131
砂丘　134

スイスアルプス 136
クメール遺跡 138
御岳ガレ場 141
キナバル山登頂 146
夕べの鐘 149
いまだ健在 153
半世紀の灯り 160
大人のぬり絵 166
ジグソーパズル 169
新居 174
春の雨 177

迷路は深む　180
大つごもり　185
解説　久々湊盈子　187
あとがき　201

装本・倉本　修

歌集　風越《かざこし》の峰

I

五月の風

車椅子に屈まる母と押すわれと蒼き五月の風を浴びいつ

ふくいくと牡丹の香り満つる寺にゆとりのひとつ拾いて行かむ

境内の奥より聞こゆるざわめきは牡丹の径ゆく園児たちの声

還らざる安らぎとして桐のはな早苗田の畔におぼおぼと咲く

足踏みのミシン廊下にたたまれて寝息小さく母の眠れる

耳遠き母は静かに茶を飲みぬテンポの早き会話の外で

鬢引きて補聴器覆うたしなみに母のおみなが垣間見ゆるよ

押せど引けど母の車椅子動かざりふいに日暮れの風が抜けゆく

光の中に

日脚伸び春の光は定位置の座椅子の母をふうわり包む

こぼれ種のビオラ咲いたと弾む声ひかりの中に屈みて母は

陽の落ちて明るさ残す花壇から花びら付けて母戻り来る

春の夢ひしと葉内に抱きおるこごみを豊かな湯に放ちやる

風の無き午後を一人で「お花見へ」帽子おしゃれに母出かけ行く

花ごとに味見してゆく蝶のいて花舗の店先きらきらと春

ひと冬の数多の桎梏ものともせず水仙すっくと黄の花咲かす

水仙の向こうに碧き海ひらけ座りて満ちるわれの春なり

たんぽぽに鼓草とう名もあると夫の指さす陽だまりの中

難聴の母との会話に用いいる筆談ボードの活躍しきり

行先に「土産は団子」と書き添える聞こえぬ母との筆談ボード

耳遠き母が西瓜の品定め聞こえるがに打つ楽し気に打つ

まろき背をなお屈ませて小半日母はひたすら栗の皮むく

丹念に栗一キロをむき終えて「楽しかった」と母はさらりと

スローテンポ

耳遠き母は小さくうなずきぬ「緊急手術」と書きたるメモに

ようやくに辿り着きたる安らぎか術後の母は細く息する

浅く眠る母の腕《かいな》に残りいる手術の夜の結束の痕

共に居て底いも知れぬ寂しさよ母はいずこに向かいておるか

病院の窓はカンバスその先の母にだけ見える世界に諾う

日常を戻しつつある術後の母スローテンポを待てば初夏

まろび寝の夢に続きを見ているか母の膝の上読みさしの本

幸せの基準とはなに逃げ水は近づく程に遠のくばかり

耳遠き母の音域に合いたるか「蟬が鳴いてる」と不意に言うなり

ぼたもちを肴に呑んだと亡き父の逸話を母がぽろりと言えり

風越《かざこし》の峰

澄みわたるわがふるさとの恋しかり風越《かざこし》の峰、天竜の渓

奮い立つ竜骨のごとき高速道路《ハイウェー》うねる信濃路みどりこぼるる

五月雨は光りつつ降る夏草にだあれもいない過疎のふるさと

そば畑に長く尾を引く夕べの鐘秋の翳りの過疎のふるさと

そばの花散らし絡めたげんまんよ秋行く伊那谷小指が疼く

涼やかな秋の日となり伊那谷にひと筋光り天竜ながる

ぬばたまの闇深くして天竜に一人眠れず瀬の音を聞く

気のおけぬ同級生とのひとときを故郷の美酒「喜久水」に酔う

故郷の塩イカと茗荷の小鉢には主の気持ち盛られておりぬ

伊那谷の朝の冷気に目覚めれば枕辺近くやさし瀬の音

落ち葉踏む足裏にやさし杣を行く風越《かざこし》山はふるさとの山

しみじみ温し

まだ見えぬ瞳凝らしてわれを見る嬰児抱けばしみじみ温し

ばあちゃんと呼ばすまいぞと思いつつ受話器の孫の「ばあば」に「はあい」

鬼灯を鳴らすばあばのおどけ顔見開く幼の眼の中にあり

目覚めしか廊下駆け来る軽ろき音それだけで和む幼いる朝

笑いつつ幼とつきし紙風船わずかにずれてたちまち落ちる

綿菓子の香りに誘われ並びたり幼き孫を方便にして

綿菓子は持て余されてしゅわしゅわと幼の手のなか無惨に溶ける

駄菓子屋にブリキの金魚の赤き顔元気な一匹孫へのみやげ

膝に来てせがむ幼に語りやる「はらぺこあおむし」蝶になれよと

新幹線に帰りゆく子はどのあたり台風近しとテレビは言うに

母の顔

子ら巣立ち常には要らぬ食卓の椅子三脚を仕舞いて久し

引き出しに子等の残しし鉛筆が芯を丸めて転がりており

桜色のコートに春風入れてくる母の顔してふうわりと娘は

「大丈夫？」たった一行の息子《こ》のメール警報出でし台風の夜

素っ気ない息子のメールに温もりて豪雨の夜を早々眠る

父の銀杯

よそ行きの顔して出でし日の丸は新春の気を張り詰めており

心なし声のかすれる住職にお護摩いただき新年迎う

「平成」と改元の日に父は逝き僧は老いづき時代は移る

骨太の大き胡坐にすっぽりとあまえし日もあり父の恋しき

汗のにおいは土の匂いよ遠き日に父に抱かれてかぎたる匂い

眠るまで語りくれたるお話の終りはとうとう聞かずままなり

風邪に臥せれば大き手を当て「大丈夫」特効薬は父の「お手当」

掬い来しめだかを放せと言いし父捕虜の屈辱忘れ得ぬゆえ

敗戦の焦土に始めし萬屋を父は生涯の糧となしたり

算盤を太き指もて弾きいし男の寂しさ聞きしことなし

自らの最期を悟りすがりたる薬草が軒の風に鳴りたり

誠実な七十五年の父の一期もう我の名を呼ぶこともなし

抑留の傷み語らず逝きませり父の銀杯棚奥深く

シベリアの抑留者父への銀杯は辛き涙を汲むには足らず

カタカナの抑留者名簿寒々と七十年後の朝刊埋める

シベリアの凍土に眠る墓標かやカタカナさぶし抑留者名

影絵

父の手が障子の向こうで作る影いつも大きな狐の頭

父の手が狐になりし遠き日の影絵想いつつ障子張りおり

病弱な幼きわれが日々飲みし一合五円の隣家の山羊乳

鼻つまみ目を閉じて飲む山羊乳はとうとう好きになれずじまいに

食育とう言葉は知らぬ幼き日父とかじりし掘りたて人参

「りんごよりうまいだろう」と人参を父の煽《おだ》てにのって食べた日

まな板を叩きつつ歌う父の声聞こえるごとし七草のかゆ

七草のみどりを刻む若き父の背を見つめたる遠き日のあり

沖縄の夫

釜底に米が泳ぐと笑いおり単身赴任の沖縄の夫

今日ひと日恙なきこと祈りつつ夫の湯のみに濃い茶を注ぐ

正月も帰れぬ夫へ手作りのお節こまごま送りてやらむ

在り様を一日通信に綴りたり子を叱りしこと誉めたることも

冷蔵庫に手料理充たして帰り来る沖縄の夫に心を残し

昨夜から熱が出たとう沖縄の夫の不安をもどかしく聞く

沖縄の海に魅せられダイビングを楽しむ夫は逞しく居り

夫の凱旋

定年後の菜園仕事に疲れしか夫は深ぶか真昼を眠る

一仕事終えたとばかりに土付けて夫の地下足袋大き口開く

春先の気候のせいにしておかんピンポン玉のような馬鈴薯

春耕のシャベルに出でたる太ミミズ光を知らぬ皮膚ぬれぬれと

麻袋に紅色深きさつま芋がばっと入れて夫帰りきぬ

辣韮二キロ玉ねぎ五十個トランクに汗にまみれて夫の凱旋

畝返しに虫が出るのかセキレイは鋤きゆく夫の鍬にまつわる

定位置に主の居ない大き椅子今宵は風が良く通るなり

検診の数値にぴたりと酒を断つわれの注意は聞かざる夫が

再検査に異状なければ又呑むや大事に仕舞わる夫の焼酎

肩の凝りやさしくなでて欲しくなり自転車のサドル一段下げる

ゆるゆると老いを認めて夫と選る対のビアカップ、今宵の酒菜《さかな》

テーブルを挟んで新聞パソコンと空気のような連れ合いと居る

子を案ずる想いに葉を分けのぞき込む胡瓜の二本みずみずとして

仲秋の空の高さに真向いてオクラ青実《あおざね》発砲まじか

タージマハルに迷い込みたる心地なり葱坊主立つ畝に草ひく

土の香を残す落花生湯がかむと一年一度の大鍋を出す

マネキンの足並ぶごと凍て畑に葉を枯らしたる大根並ぶ

菜園の南瓜ほっこり陽の色に煮上がり冬至の形整う

ごちゃまぜの日本文化に踊らされハロウィンの渋谷苛立ちており

美容師の道

いまは遥か幼きわれはぼんやりと「美容師になる」と思いておりし

青春の迷える中によみがえる美容師という一つの灯り

両親の反対押して決めしゆえ二十歳のわれに後戻り無し

おろおろと新宿駅の雑踏に降り立ちたるは二十歳の春なり

反対を押して始めし美容師に二十歳の意地がめぶき始めて

一本の道つづけ来て天職と言える仕事に会えし幸い

辛き事さらりと交わす術も知り背伸びしてみる今日の白富士

喘息が棲む

わが喉居《のみど》心地よきらし喘息は花の季節を出でて暴れる

喉元にいたずらっこが笛吹くや我が物顔に喘息が棲む

咳込めば涙と共にパチパチと脳細胞の消える心地す

塵積める庭を洗いし春雨に今朝は喘息鎮もりており

たっぷりと大地潤す雨の香を胸いっぱいに吸える安らぎ

咳《しわ》ぶけば卒寿の母に労わられ「早く寝ぬ《い》れよ」「暖かく着よ」

名を言いて病名添えて四人部屋に真白き一床の住人となる

無記入のエンディングノートふと浮かぶ手術を明日に控えた夜は

ドクターの声遠く聞きとろとろと麻酔の淵にまた沈むなり

おぼろげな術後の頬を撫でくれし温き夫の手に瞬時を目醒む

春は無防備

「咲いたよ」と母の声して寒の朝梅一りんの芳しき白

愛し子を抱くが如くいそいそと母は鉢花を冬陽に移す

潮の香が風に乗りくる水仙ロード不ぞろいのまま菜花売らるる

歩きつつ乙女が大き欠伸するああ駘蕩の春は無防備

ウィンドーに春色かろきワンピース駆けだしそうに裾ひるがえす

丸ろきままそっと摘みしにたんぽぽの白き綿毛はふわり舞い立つ

遠き日のおさな遊びを手繰りつつふっと一息たんぽぽの種

桃、スモモ、桜も競いて咲き盛る薄紅に霞む甲斐の山里

桃の枝引き寄せながら摘花する手品のような農夫の動き

並びいる鮑にサザエ目の端におさえて座るバイキングの席

「食べ放題」と胃に言い聞かせ房総の青味の残る苺に走る

「食べ放題」に闘志もやすもアイベリー五つで充分房総の春

ご利益の有りや否やは神まかせビンゴの景品まっ赤なショーツ

咳込めば「遊びすぎでしょ」とのたまえる白寿の母は隅にはおけぬ

あんよは上手

洗面所にへたり込む母のうめき声とっさに過る「介護」の二文字

厠に立つ母の足音の戻るまで夜更けの床に息詰めており

支えればわが腕に増すその重み母の衰え顕わとなりぬ

諸手とり「あんよはお上手《じょず》」とおどけつつ一間ほどを母のリハビリ

張り、艶の失せたる母の小さき背を老いづくわれがしみじみ洗う

さりげなく気遣いくるるケアマネージャー白寿の母と共に暮らせば

子を旅に出すより細々《こま》名を書きぬ母をステイに送らんとして

旅先にケータイ鳴れば「すわ母か」不安顔してステイにおらむ

旅終えてステイの母をふと想う翼の窓に雲海つづく

王国の品位を持して光りいる今帰仁《なきじん》城址のうねる石垣

立ち上がりうねりて泡となる波の刹那たのみてサーファー遊ぶ

千古の謎

泥川に重なり泳ぐ鯉の群大き一尾がぬらりと沈む

町川に何時から棲んでいる亀か一尺もある甲羅浮きくる

恋の成就告げているのか町川に牛蛙なく野太き声に

甘やかに時には猛る声交わし水無月の夜は猫の逢引き

雨にけぶる駅のデッキの傘の花改札口へ吸い込まれゆく

雨あがり背伸びをするか捩花の紅のくさりが小庭に涼し

二千年の夢より醒めて古代蓮不透明な世に凛と咲きおり

古代蓮の大き花びらゆらしおり蕊に潜りて熊蜂二匹が

人間の恣意と言うべし保護されて自然破壊者となりたる鹿よ

初夏の雲ゆるりと水面わたりゆく千畳敷の筑波水張田

水底に千古の謎を見ておらん忍野の鯉の静かなる青

熟れ過ぎの苦瓜ひとつ葉隠れて歌うがごとく赤き口開く

夏草のしだるる中を抜きんでて黄萱ひと本風に揺れおり

遠き日に集団自決の有りしとう慶良間の海はかくも麗し

熱帯魚群なす慶良間の碧深く海中散歩の私も魚

のったりと岩間に寝そべる大ウツボ世の移ろいに動ぜぬ顔で

夏風邪の熱の一夜は老い母の作りくれたる氷嚢に眠る

氷嚢に頰をつければ遠き日の天井の模様がさざ波立てる

軽く見し夏風邪どっかと居座りてひと月あまり喉《のみど》くすぐる

日盛りの風をからませ幟旗の「水まんじゅう」がけだるく揺れる

真新しい鼻緒に擦れたかイケメンの浴衣の足に絆創膏みゆ

還らざる若さのほんに妬ましき日焼けの乙女見よがしの肩

天神の秋

小雨降る桜紅葉の明るさに傘を傾け見上げる人あり

菊の香の立ち込める日に来合わせぬ花嫁、笙の音　天神の秋

木洩れ日に朱《あか》く浮き立つ曼珠沙華奥武蔵野の秋の気のすむ

花の色に風も染まるや武蔵野の畦道狭めコスモス盛る

刈り小田に蓑毛流して白鷺はじっと動かず風を聴きおり

風を読む田守のように白鷺は草生《む》す畦に立ちて動かず

小半日爪も指紋も黒く染め秋のかおりの紫蘇の実しごく

含め煮の冬瓜とろりと盛りつけむ切子の小鉢に白さ引き立て

秋の野を恋うる色とう吾亦紅混み合う夕べの駅舎に売らる

幼女期の宇宙でありし軒下に日々乾びゆく大根十本

法被着て手を引かれる子抱かれる子こども神輿が角曲がりゆく

我の名を呼ばれたような路地の角おちょぼの柘榴が夕陽に赤い

案山子さえ両腕ひろげ踏ん張るに包丁重き五十肩われ

ハムスターの如ランニングマシン蹴るわたし手遅れという語忘れたふりに

お約束

候補者はいずれも似たる笑顔なり誰に入れようアベベのベ

「お約束」を連呼しながら夕暮れの街を占め行く候補者の声

公約は信じおらねど願い込め候補者の名をゆっくりと書く

わが心見透かす如く水槽を上目づかいに河豚が近づく

美味なりと透けたる河豚の観念をひっくひっくと湯にたぎらせる

黒の裳裾巧みにさばき神父ゆく紅梅坂の雨の夕暮れ

発したる言わずもがなを悔やみつつ四つん這いになりて雑巾使う

飽きもせず雪を蹴散らす一年生黄のランドセル弾ませながら

店頭の小さき灰皿仲立ちに人ら輪をなす同志の顔して

隠し事すべて見せたりもう堪忍大腸巡るカメラの無情

赤き蕊摘めば無口なつれなさよカサブランカを壁際に挿す

冷たしと思うばかりに真白なる鉄砲百合が四方《よも》に驕れる

目尻を下げる

軒下の柿も芋茎《ずいき》も大根も冬陽にしんなり目尻を下げる

街路樹のけやき黄葉《もみじば》風に揺れ散るを忘れて師走の夏日

往生ぎわ問いているやに色あせて残菊一枝庭に傾げる

紅葉する葉の上に伸びするキリギリスそんな場合じゃないんだすでに

着地まで身をよじらせて笑うごと銀杏はらはら終《つい》を華やぐ

あらわたしどうかしてるわヘマばかり呆けた芒が風にうなずく

鳴きながらわが足元に纏いつく背骨顕わな猫　捨てられて

行く当てもなき秋なれど店頭に「スイスの旅」のパンフレットを抜く

薄切りの大根ざるに居並べて冬陽に曝す大寒の朝

大根は冬の光を身に浴びていかようにでもなされと乾ぶ

言いたきこと胸に収めて寒の朝今日のマスクは河童のくちばし

冬将軍

朝霧の渓を切りゆくセキレイの白き胸毛が視界をよぎる

蛾の羽根をはらはら落とし貪りぬセキレイが頭上で戦利の宴

百千の和毛の蕾を整えてこぶし大樹は寒天に立つ

出はいりのわれの顔色はかりおり鵯が椿の葉隠れに居て

今朝二輪開くはずなりし白椿うてな残して鵯が荒らしき

おさんどんに振り回されて爪割れて勤労感謝の一日終る

一夜さの雪降りやめばクレーン車は首を太らせ地に伏せており

大口開け首をくねらすティラノサウルス解体現場にビル食う重機

広がりしビルの跡地をぐりぐりと重機去りゆく夕日浴びつつ

灯油売りの流すわらべ歌過ぎゆけばたちまち町は夕暮れとなる

獅子柚子がとろりとジャムになる宵は冬将軍の到来となる

火曜日は寒ブリ、寒アジ、寒カレイかの字尽くしのチラシが届く

人間のなせる業あまた水仙は霜にみどりの角芽を出だす

太陽の香り煮詰めてとろとろと日永うれしい文旦のジャム

髪にまでジャムの香りをまとわせて忙しき日々に一息つきぬ

こぼれたる千両の赤き実のみ込んで眼《まなこ》チカチカ掃除機うなる

八つ頭の絡み合いたる塊にけりをつけたり十個に分けて

わが脆さ悟られまいと帰りきぬダウンコートの肩いからせて

目立たぬもいいものだよと言い聞かす門辺に咲ける柊の白

小さな幸

豆の香を充たして一日味噌仕込み夫はバンダナの赤を引き締め

まだ熱き味噌を丸めて打つ夫に鬱憤はれるや力のこもる

手作りの味噌とく朝の台所に小さな幸がふくふく香る

丹念に義歯の記録紙たたまれて姑の好みの手提げに残る

この手提げ持ちて歯医者に通いしか姑は元気に去年の秋を

小柄なりし姑の形見の大島《おおしま》紬を腕《かいな》ちぢめて羽織りてみたり

炎ふくキューポラ消えて久しかり淀む町川に寒のもや立つ

幾ばくか千鳥足なる老紳士熊手担ぎて今日酉の市

わら筒に熊手のあまた酉の市人待ち顔のおかめに小判

夜祭りに並ぶ屋台の新粉細工　手さばきよろしく鳩になりたり

信号機に止まり身繕う鳩のむれ師走の雑踏見下ろしながら

寒の水に掌を赤らめて洗うなり夫の育てし柔き小松菜

雪を分け摘みたる小松菜ひとつかみ湯にくぐらせば青き香のたつ

義兄逝く

秋野菜畑に満たし逝きませり霜降る朝《あした》やすらに義兄は

軒下に吊るさる玉葱芽を吹きぬ育てし義兄はもう居まさねど

病状の小康の間に植えしとう義兄のキャベツは大き結実

新盆の白提灯に火をともすしらしら未だ明るき夕べ

父よ義兄よとくとく来ませ盂蘭盆会きゅうりの馬が脚長く待つ

盂蘭盆の夏日あまねく降る道を僧はバイクで風切りてゆく

カット待つ子ら

待ちわびてわれに群がる障害児の手を握りやりカット始める

麻痺の足曲がりしままに近寄りてわれの手を取るカット待つ子ら

順番を待ちて輪になる麻痺の子の名前呼びつつ髪を切りゆく

芋の苗差したる畝の曲がりおり麻痺ある子らは額に汗して

麻痺の子と植えたる薩摩芋《いも》の根付けよと空に向かって呪文唱える

今日限りと別れの言葉告ぐわれに麻痺ある手にてすがりくれたり

ボランティアも今日が最後と振りむけば夏の日射しのやけに眩しく

II

三陸の海

震災は幻であれ藍きわむ三陸の海は無口なるまま

比類なき真闇の夜をローソクに頼りて過ごす震災のあと

ローソクの縁より悲しみ零れゆく計画停電の夜は長かり

絵ローソクの赤き牡丹の浮き立ちぬ手酌の夫をほの明るめて

震災の新聞伏せて立ち来れば白椿一つ音たてて落つ

渇きたる荒れ地にまわる風車津波に消えた児らの慰霊碑

空き缶の兜作りしと仮店舗に時計屋の主さびしく笑う

復興の歩み小さくも田老町のわかめの包装整い届く

届きたる復興牡蠣は武骨にて堅く口閉ず三年の重み

幾星霜

語尾上がる訛り聞きつつ茶を待ちぬ塩田平の雨は明るし

降りやまぬ塩田平の五月雨に夕べの鐘はおぼろに聞こゆ

鋭き眼カッと開いて幾星霜にらんで来しや北斎の龍

ほろ酔うて宿の塩風呂ちりちりと忘れておりし傷口さらす

描かれし梅一輪の藍ふかくひとめぼれして小鉢購う

かがり火を灯しし舟の舳先にて糸繰る鵜匠の技は乱れず

水面を激しくたたく鵜の羽根の水滴冷たしわが頬に飛ぶ

懸命に水面叩く繰られし鵜潜りては浮かび潜りては進む

黒々と鬼瓦のごとき香茸《こうだけ》を親しみて買う湯宿朝市

黒きまま傘を広げた香茸を煮え湯に放つも顔色変えず

露天湯の湯気のもなかを舞う粉雪しずくとなりてわが髪ぬらす

露天湯に開放されて人らみな持てる病を並べてゆけり

加賀百万石

ショートステイ嫌がる母に言い聞かす三度目なれば伸びしろを持ち

四、五日の旅に出る朝ベランダの花鉢になみなみ水灌ぎおく

幾年も焦がれてきたる金沢の路地もとおればしっとりと雨

ゆるぎなき石垣巡らせ今の世に加賀百万石の城址豊けし

かきつばたの藍すがすがと遠つ世の匂いたちくる兼六の庭

旅先で作りし壺の届きたり包みの紐をもどかしく切る

手作りのいびつな壺が届きたり両手に包みて満足至極

生成り色の穴子の刺身いや旨しざんざ雨降る広島立町《たちまち》

ガラス越しの『平家納経』は清盛のあくなき栄華求めし証

朱の回廊巡りてゆけば潮満ちて神の使いか亀が寄りくる

去り難き厳島神社振りむけば五月雨静かに朱を深めおり

日間賀《ひまか》の幸

大皿の藍を透かして並ぶフグ日間賀《ひまか》の幸のあふるる宴

芳しく少し熱めの鰭酒に留守居の夫がちらりと浮かぶ

豊かなる日間賀《ひまか》の話とぷりぷりの茹で蛸一匹土産としよう

沖に浮く小さき漁舟《ぎょしゅう》はピッチ上げ燃える夕日に吸い込まれ行く

留守の詫びに求めたサザエ保冷箱に角が張り出し収まり悪し

鮟鱇尽し

心なし肌の艶よき目覚めなり鮟鱇尽しの宴の朝

宴ひけ鮟鱇尽しに外された顎が下房の風に揺れてる

春寒の夜明けを待ちて男らは出漁前の浜に暖取る

こめかみの産毛逆立つ心地せり踊り食いなる鮑の動き

憐れみはすぐに忘れて頬張りぬ焼かれし鮑ほんに甘くて

青き山重なる熊野の遍路みち神の吐息か朝霧の立つ

春浅き熊野古道の石地蔵かすりの前垂れまだ新しき

花アカシア

春浅く花アカシアの大連は悲しい過去のまだ残る街

うら若く母の住みたる大連に花アカシアの季に来たりぬ

大屋根をそらして光る本願寺威厳を背負う雨の大連

舞鶴につづく海原凪ぎおれど大連港の鈍色の傷

我が生を受けたる大地満州に花アカシアの降るほど白し

日本人と証《あか》せぬ時期のありしとう奉天に父母の影をさがしぬ

澄みわたる空の広ごる十月は戦禍の中にわが生《あ》れし月

砂丘

ユーカリに眠るコアラは背を向けてシャッターチャンスはついに来ぬまま

サーファーの波乗りまねてはしゃぎたり赤き奇岩のウェーブロック

六日間の旅より戻れば待ちわびて母が日暮れの門に出ており

旅の荷をほどけば白砂こぼれおち鮮やかに浮かぶパースの砂丘

スイスアルプス

悠久の時の流れを横たわる白虎のごときマッターホルンは

千々に咲く小花の中のグリンデルワルト繰られたくない絵本となりて

壮大な白き山並み染め上げてスイスアルプス・モルゲンロート

蟻のごと小さき我らを揺るがして碧き氷河の崩るる音する

クメール遺跡

絵葉書を買えとまつわりつく子供クメール遺跡に夏陽あまねし

黒光るカエル、コオロギ、ザザ虫の佃煮並ぶカンボジアの市場

臭いとか酒が飲めぬと言いながらその舌先でドリアンなめる

無造作に積み上げられたドリアンの棘の兜は王者の風格

板切れにまだ新しき赤の文字地雷撤去を標す道の辺

内戦に翻弄されしクメールの遺跡にぬぐえぬ弾丸の痕

ガジュマルの白き太根の絡みつき風は時おり遺跡を撫ずる

旅終えて互みのすっぴん写したる写真まざまざ容赦もあらず

御岳ガレ場

わが傍《かた》え駆け登りゆく修行僧の作務衣に覗く白襟まぶし

登山者に合掌しつつすれ違う登山修行の僧らすがしき

唐突に御岳ガレ場に現るる行者おみなの真白きはだし

汗まみれに辿り着きたる山小屋の五臓六腑に沁み込むビール

つかみたる鉄梯子ヒヤッと背を走る後には退けぬ雨の槍ヶ岳

垂直の岩に足場を探りつつ息詰めひたに槍《やり》の穂《ほ》くだる

残りいるアイゼンの跡辿りゆく拒否するような雪の燕岳《つばくろ》

リーダーの声は吹雪にかき消されピッケル振りて下山知らせ来

アイゼンにきしめく雪を感じつつ大菩薩嶺の白を浴び行く

かすかなる風に樹氷の解かれるか大菩薩嶺は銀に包まる

じりじりと列の後尾について行く夜明けは未だ奥穂高岳

夕霧はキスゲにアヤメ労《ね》ぐような尾瀬の一日の幕おろしゆく

今どきの尾瀬の山小屋便利すぎ個室に風呂にジョッキのビール

定めには逆らえなくてワタスゲは右向け右と風の吹くまま

キナバル山登頂

痛み持つ鼓動を肋骨《あばら》に感じつつ四千メートルのキナバル目指す

祖先の霊宿る頂キナバルに許し乞いつつ岩肌をぬう

息切れは激しくなりて山腹に足らざる空気をあつめてゆけり

あえぎつつ尚あえぎつつ頂へ　朝日はすでに頭上に近し

ジャングルを抜けて奇峰を這うごとく遂に着きたるキナバル山頂

及び腰に下山の我の手を取りてガイドはシャイな笑顔を見せる

大き口に水を貯え重おもとウツボカズラは獲物を狙う

黄に朱に自生の蘭は熱帯の森に外せぬ地歩作りおり

夕べの鐘

雨を飲み流れの早む町川にひょこひょこ辞儀する嫁菜のみどり

明るみつ暗みつ梅雨にけぶる日は万葉仮名を書いて過ごせり

青き風去年まで通しし稲田にはおびただしかるソーラーパネル

梔子の新芽あらかた腹に入れ青虫のったり枝裏に潜む

その枝は君に上げよう揚羽蝶美しい羽根のひと夏の糧に

花鉢を移せばややして動き初むヤモリの昼寝邪魔したらしい

ふわふわと百日紅ゆれ老人を夕べのベンチに憩わせており

緑こぼす上野の森を巡り来て茶屋の抹茶に一日を締める

緞帳のような山霧晴れゆきて美ヶ原に牛が草食む

安曇野の朝霧ほっほっと立ち上り湯上りのような山の現る

いまだ健在

信号が三度青に変わりてもまだバスは来ず　「歩くか駅まで」

空仰ぎ私はわたしとつぶやけば胸のあたりに夕日射し入る

幸薄き証と言われたことありし偏平足のいまだ健在

事もなく「目の垢です」と医師の言う飛蚊症とう老いの入り口

風の無き真昼をしんなりぶらさがり腹に一物なき鯉のぼり

鉄橋を渡れば主婦に切り替えて少ないレシピのいくつか捜す

たっぷりの氷の欠片に埋もれる青き秋刀魚を三本買いぬ

三人の朝餉の椀に散らすだけ茗荷摘みたり花付くままに

家事放棄と勇んでみるもスーパーによき肴あればおのずと手が出る

毎日が三倍速に過ぎゆけどとにかく今日の夕餉作らむ

肩肘を張りても詮無いことばかりもともと私はなで肩だから

気がかりの一つが終る昼下がり二時間かけてレンジを磨く

葉の上にいま羽化したる揚羽蝶やわらかき羽根ためすがに舞う

風止みて痩せ鯉のぼり空仰ぎ無聊かこちてただに垂れおり

五月雨のにわかにつよし羽根濡れて青葉の陰に鳩身繕う

こだわりは捨てむと母の日デパートに選びしショールの薄き紅色

四つん這いになりて苦闘す羽根ぶとん圧縮袋に収めれば夏

寂しいと口には出せず五月闇背負い袋はもう満杯ぞ

好奇心の窓少しづつ閉めますか夕暮れ時がほんのそこまで

半世紀の灯り

髪結いの亭主はごめんと言いながら支えてくれし夫ありて今

不景気と言われながらも年の瀬は美容師われの指先割れる

年の瀬にコールド液染むあかぎれを美容師冥利と思えるこの頃

松の取れ日脚わずかに伸びておりシャッター下ろす夕べ明るし

仕上げたる髪濡らさじと花柄の傘さしかけて女《おみな》見送る

楽し気にしゃべり続けるなじみ客に相槌うちつつ髪結い終わる

おしゃべりと笑いで賑わうわが店を息抜きと言う　それも嬉しき

楽しみし旅より戻りわが店のどこより優しい空気に浸る

眼のかすみ覚える今日は幼子のやわらかき髪恐れつつ触る

天職と自負して来たるこの道も老いに抗わず終止符打たむ

半世紀の出会い感動数知れず助けられ来し美容師の道

閉店を決めかね迷いし一年余《ま》り老い母思えば決めねばならぬ

天職と迷わず来たる仕事にも終わりという日が本当に来る

閉店を顧客に知らせ泣いた夜わが天職にピリオドを打つ

いくつもの花かご贈られしわが店に半世紀の礼《いや》深々とする

半世紀の灯り落とせばたちまちに我が来し方は昇華されゆく

大人のぬり絵

いずれ来る寂寥感など疑わずいそいそ家事する職退き十日

職退きてひねもす自由になりしわれ背中丸めて足の爪切る

職退きて拠り所なき夏落ち葉大人のぬり絵まだ手につかぬ

この日ごろゆとりと怠惰のはざ間にて半日かけて朝刊を読む

気のゆるみという隙間につまずきて胸骨骨折　息が出来ない

映画観に今日か明日かそのうちに　自由というは厄介なもの

観客は十人ばかりの映画館うしろめたなし師走平日

ジグソーパズル

半世紀わが家ぬくめ来し陽を奪う都市開発という怪物が

都市開発に我が家が日陰になる事も今日は忘れて桜見に行く

クレーン二基動くとも見えずマンションは秋陽の中に伸びてゆくなり

冬の陽を独り占めして光りいる新築マンションすっくと立ちて

高層のビルに奪わるる窓を開け今年限りの秋陽と遊ぶ

コスモス咲きコキア色ます屋上に雀もバッタもわれも遊びぬ

覆い外れあらわとなりしマンションに染み入るような冬の雨降る

手を当てて「痛いの痛いの飛んでいけ」飛んでいけない痛みもあるに

こじんまりと心を楽に生きたいと住まいを小さなマンションとする

マンションの狭き図面に家具配置ジグソーパズル嵌めゆくごとし

終活という語に煽られあらかたの本を寄付せり　秋は駆け足

決断は一品五秒を旨《むね》として捨てる捨てない　捨てない捨てられない

胸熱く受け取りし日もあったっけシャネルの五番これも捨てよう

新居

旅先の心地のままに眺めいる新居の窓にひろごる夜景

金銀に瞬くビルの連なりを眺めて新居にまだ落ち着かず

胸張って誇れるものを持たぬ身に葉月の雨はおろおろと降る

無機質なビルの連なり窓に置き思考薄れてつくねんといる

夕映えに白さ増し来るビル群に呼応するごと初夏の風立つ

去年の夏共に移り来しアイリスの藍すがすがとベランダに咲く

公園に木々移ろうを眺めつつようやく新居に馴染みてきたり

春の雨

我の明日白寿の母のこの後を想いつつ春の雨を見ており

春はまだ崩れそうなる感情にミモザ抱けば黄のあたたかさ

絶え間なく屋根を伝いて吹き抜ける春の嵐を仕舞湯に聞く

膝病めば心安らぐ日の無くてたちまち春過ぎ梅雨の雨聴く

長引ける膝の痛みを払うごと見上げる空に時雨虹立つ

大切な約束三つ反故にして膝の痛みに師走を籠る

足引きて家事するわれを労りて母がよろよろ手伝いに来る

迷路は深む

この日ごろ自身の歳さえおぼろとなり母の脳《なずき》の迷路は深む

忘れたる母には言わず水を止め朝の化粧室に何事も無し

デイに行く母に靴を履かさんと屈めば膝がきりっと痛む

足萎えし母に添いゆくわれの膝が悲鳴を上げる介護の現場

デイサービスの車に母を託し終え踵を返す背の軽やかさ

陽を入れた板の間に母の髪切れば乾いた音に散りてゆくなり

夕暮れてデイより戻り探すゆえ今から母の母になります

白髪を頭光のごとくなびかせて母は戻り来る風の夕暮れ

秋風に金木犀の香りして母はひたひた真昼を眠る

色の数少なくなりし母のぬり絵過去がほろほろこぼれてゆくよ

新聞もテレビも途中に居眠りて母は夕餉に「お早う」という

食卓に連れて行ってと手を伸ばす娘のわれに甘えて母は

足萎えし母のベッドの脇に寝る花冷えのする弥生の夜を

大つごもり

歳晩の陽射し豊かに入る部屋にひとり歌集を開く贅沢

世の中の不条理などに関わらず歳晩の空どこまでも澄む

迷い人の放送きれぎれ聞こえ来る歳晩の陽は翳り初めるに

歳晩の町の風物すたれゆく注連縄売りはいつしか消えて

女子《おみなご》に髪結いし頃の懐かしき職退き二年の大つごもりは

解説

久々湊盈子

長沼紀子さんは二十歳のときに美容師になろうと一念発起、ご両親の反対を押し切って信州飯田の故郷を出て上京されたのだという。もともと明るい性格の長沼さんは、二十五歳で結婚されたのを機に個人の美容室を開き、半世紀もの長い間、地域の多くの顧客に愛されながら美容の道ひとすじに励んで来られた。短歌はその間の心の空隙を埋めるようにぽつぽつ作っていたということだが、あとがきにあるように、「合歓」のお茶の水の歌会に参加されたのは二〇一一年秋のことであった。

長沼さんとわたしは共に、先の大戦末期に中華民国で生まれている。つまり、戦後のものの無い時代、引揚げ家族の親の苦労を見て育った者同士なのだ。そのせいもあるのか、好奇心が強くて負けず嫌い。ちょっとした苦労なんか苦労とも思わない。旅が好きでお酒が好き。思いたったらすぐ行動に移すという、少々おっちょこちょいなところも似ていて、はじめからウマの合った仲である。他にきょうだいがいるのに、老親の介護をする羽目になるのも同様で、そういう星のもとに生まれ合わせたのだと、よく言えば達観しているところもあるようだ。

いくつか柱になる歌をあげて読んでみたい。

車椅子に屈まる母と押すわれと蒼き五月の風を浴びいつ
押せど引けど母の車椅子動かざりふいに日暮れの風が抜けゆく
日脚伸び春の光は定位置の座椅子の母をふうわり包む
こぼれ種のビオラ咲いたと弾む声ひかりの中に屈みて母は
風の無き午後を一人で「お花見へ」帽子おしゃれに母出かけ行く
丹念に栗一キロをむき終えて「楽しかった」と母はさらりと
耳遠き母が西瓜の品定め聞こえるがに打つ楽し気に打つ

巻頭の「五月の風」から。すこし足の弱った母を車椅子に乗せて散歩に出た作者である。やわらかな春風と言わず、「蒼き五月の風」といったところには、爽やかではあるがやや強《こわ》い感じがある。「屈まる母」という表現からも同様のイメージをいだくのである。若葉から青葉へと長《た》けてゆく季節のなかで母娘は何を思いつつ風を浴びていたのだろう。車椅子の母と、それを押してゆく作者ももうそんなに若くはない。やさしさだけではすまない、現実の必然的なきびしさに顔をあげて真向かうといった意志の歌、と言えば深読みに過ぎるだろうか。

ただ、三首目以降の歌からは、さまざまな人生の試練を越えて来られただろうお母さんの姿を、やわらかな春の日差しのなかにふうわりと包んで残しておきたいという作者の思いがうかがえる。播いた覚えのないビオラが咲いた、という些細なことも喜ぶことができる母。一人のお花見におしゃれな帽子で出かけてゆく母。堅い栗を丹念に剝くことにだってプラスの方に考えて愉しむのは長沼さんにも受け継がれている向日性であろう。

夏風邪の熱の一夜は老い母の作りくれたる氷囊に眠る
厠に立つ母の足音の戻るまで夜更けの床に息詰めており
浅く眠る母の腕《かいな》に残りいる手術の夜の結束の痕
六日間の旅より戻れば待ちわびて母が日暮れの門に出ており

我のあす白寿の母のこの後を想いつつ春の雨を見ており
足引きて家事するわれを労りて母がよろよろ手伝いに来る
色の数少なくなりし母のぬり絵過去がほろほろこぼれてゆくよ

一首目、元気でいる間は家族の有難味を思うこともないのだが、夏風邪でもひいて、ちょっと気弱になったりした時に母親が額に乗せてくれた氷嚢はどんなに嬉しかったことだろう。子供時分に戻ったような気分で作者は安らかに眠ったのだ。だが、無情なことにそんなお母さんも次第に介護の手を必要とされるようになってゆく。そんな中で、実の母と娘の情の細やかさがうかがえる歌が目を引く。二首目、真夜中に小用に立った母の気配を察して目を覚まし、部屋へ戻るまで眠らずに床の中でじっと待っているというのは、介護の経験がある者には実によくわかる場面である。三首目、手術の翌日、面会にゆくと母親の腕に結束の痕があった。麻酔の冷め際に動かないようにという処置なのだろうが、自分の母親が一晩ベッドに拘束されていたのだという事実に、作者は胸が潰れるような思いがしたことだろう。続く四首とも、娘は母を、母は娘を思いやりつつ、もうそんなに残されてはいないだろう時間を愛おしむように日を送っているのだ。

定年後の菜園仕事に疲れしか夫は深ぶか真昼を眠る
一仕事終えたとばかりに土付けて夫の地下足袋大き口開く
辣韮二キロ玉ねぎ五十個トランクに汗にまみれて夫の凱旋
寒の水に掌を赤らめて洗うなり夫の育てし柔き小松菜
豆の香を充たして一日味噌仕込み夫はバンダナの赤を引き締め
髪結いの亭主はごめんと言いながら支えてくれし夫ありて今

ご夫君の歌はそんなに多くはないが、退職されて家庭菜園に汗を流す好感度抜群の姿が活写されている。辣韮二キロ、玉ねぎ五十個の収穫を「夫の凱旋」と讃えてくれる妻があっての畑仕事である。「髪結いの亭主はごめん」といいながら、家事に、育児に、美容師の仕事に骨身を惜しまず働く作者をこれまであたたかく支えて下さったのだろう。ここにもお互いを思いやる気持ちがひしひしと感じられて、読みながら温かい空気に包まれているような気分になる。

眠るまで語りくれたるお話の終りはとうとう聞かずままなり
骨太の大き胡坐にすっぽりとあまえし日もあり父の恋しき
掬い来しめだかを放せと言いし父捕虜の屈辱忘れ得ぬゆえ
抑留の傷み語らず逝きませり父の銀杯棚奥深く
シベリアの抑留者父への銀杯は辛き涙を汲むには足らず
カタカナの抑留者名簿寒々と七十年後の朝刊埋める
まな板を叩きつつ歌う亡き父の声聞こえるごとし七草のかゆ
食育とう言葉は知らぬ幼き日父とかじりし掘りたて人参

先に長沼さんは引揚げ家族であったと書いたが、産声を上げたのは旧満州の奉天であった。戦後、シベリアに強制連行され苛酷な労働を強いられたお父さんを思う歌が集中にはいくつもある。およそ六十万人もの日本人抑留者の中の一人として、極寒の地でどれほどの辛苦を舐められたことか。めだかでさえ狭い水槽で飼うことを許さなかったというほどだから、お父さんは自由を奪われた屈辱感を死ぬまで忘れることはなかったのだ。降伏した国の捕虜を強制抑留した旧ソ連邦に対する怒りもさることながら、その非人道的で過酷な労働に対して賃金の支払いを認めなかった日本政府に対する失意と憤懣はいかばかりであったか。お為ごかしに贈られた銀杯なんぞ見るのも嫌だとばかり、棚の奥深くしまいこまれていたのだろう。長沼さんはことのほかお父さんっ子で、また、お父さんもそんな娘を溺愛してくれたのだと聞いたことがある。長じて当時の時代背景や巧妙な政治取引などが理解できるにつれ、お父さんの悔しさが身にしみてわかって今さらに深い思慕となっているのだろう。

軒下の柿も芋茎《ずいき》も大根も冬陽にしんなり目尻を下げる
大根は冬の光を身に浴びていかようにでもなされと乾ぶ

八つ頭の絡み合いたる塊にけりをつけたり十個に分けて
ばあちゃんと呼ばすまいぞと思いつつ受話器の孫の「ばあば」に「はあい」
肩肘を張りても詮無いことばかりもともと私はなで肩だから
ご利益の有りや否やは神まかせビンゴの景品まっ赤なショーツ
憐れみはすぐに忘れて頬張りぬ焼かれし鮑ほんに甘くて

長い人生時間のうちには誰にも失意や鬱屈や言い知れぬ悔しさがあるものだが、長沼さんが生来持っているおおどかで屈託のない気質が本集には通底していて、読みながら時々にんまりと笑ってしまう。そのユーモア精神は、たとえば収穫された野菜を歌うときにも存分に発揮されていて、軒下に吊した柿や芋茎や大根が「しんなりと目尻を下げる」とか、果てはもう「いかようにでもなされ」と開き直ると言い、ごてごてとした八つ頭には「けりをつける」と、まるでご近所の揉め事でも捌くみたいに言ってのけている。六首目の「真っ赤なショーツ」にはびっくりだが、今夜あたり「ご利益があるかも」と読めば、茶目っ気たっぷりの表情が目に見えるようでじつに楽しい。

ジャングルを抜けて奇峰を這うごとく遂に着きたるキナバル山頂
つかみたる鉄梯子ヒヤッと背を走る後には退けぬ雨の槍ヶ岳
残りいるアイゼンの跡辿りゆく拒否するような雪の燕岳《つばくろ》
アイゼンにきしめく雪を感じつつ大菩薩嶺の白を浴び行く
今どきの尾瀬の山小屋便利すぎ個室に風呂にジョッキのビール
悠久の時の流れを横たわる白虎のごときマッターホルンは

長沼さんは美容院という持続するお仕事でありながら、個人経営である利点を生かして、店をお休みにしては国内外を問わずしばしば旅に出かけ、登山も愉しんでこられたようだ。それも本格的で、槍ヶ岳とか穂高、燕岳などとかなりの高度のある山々である。海外でもマレーシアのキナバル、アルプス山脈のマッターホルンなど、聞いただけで足が竦みそうな高山、ということはご夫婦ともにいたって健康、健脚で今日まで過ごして来られたという証左なのだ。

澄みわたるわがふるさとの恋しかり風越《かざこし》の峰、天竜の渓
そば畑に長く尾を引く夕べの鐘秋の翳りの過疎のふるさと
気のおけぬ同級生とのひとときを故郷の美酒「喜久水」に酔う
伊那谷の朝の冷気に目覚めれば枕辺近くやさし瀬の音
落ち葉踏む足裏にやさし杣を行く風越《かざこし》山はふるさとの山

集名となった風越の峰は長野県飯田市西部にあり、標高一五三五m。信州の百名山のひとつであるという。若くして故郷を出た作者は、ことに「風越」という地名に愛着があるようだ。これらの歌は小、中学校時代から仲良くしてきた同級生との旅行であるらしい。長沼さんは東京のベッドタウンである埼玉県川口市に長年住みながら、いつも心には遠く伊那谷の清涼な空間を思って来られたのだろう。故郷の銘酒「喜久水」にほろ酔い、やさしい瀬音に目を覚ます。この充足も

日々の安定の上にしみじみ感受されているのだ。

二年前、長く続けて来られた美容室を閉じられたということだが、ご高齢になられたお母さんを看取りつつ、長沼さんはこれからも温かで、ひとの心をなごませるような歌を紡いでいかれることだろう。

たゆまぬ日々の積み重ねのうえに手にした、豊かでゆとりある向後の時間を大いに歌い残していただきたいと思う。

この歌集をお手にとって下さる方々に、どうぞ忌憚のないご批評ご鞭撻を作者にお寄せいただけますようにとお願いして、いささか長文となった解説の筆を擱く。

あとがき

『風越《かざこし》の峰』はわたしの初めての歌集です。二〇一一年に「合歓」に入会してから九年間の作品歌四四一首を収めました。

題名の『風越の峰』は私の育った、信州伊那谷の西部に位置する一、五〇〇メートルの、形の良い山の名前です。「かざこし」が本名ですが「ふうえつ」と地元の人達に親しまれ、飯田市のシンボル的な存在でもあります。子供のころから親しみ、誇りでもあるこの山の名を頂きました。

わたしは一九七〇年に結婚し、同時に川口市の青木町に美容室を開きました。それから五十年、美容師の仕事を天職と思って続けてきましたが、年齢を重ねるにつれて次第に立ち仕事がきつくなってきたこと、同居している母の介護が必要になってきたことなどから、考え抜いて二〇一八年に店を閉じることにいたしました。

　長い間には忙しい仕事の合間を縫って登山や海外旅行も楽しみましたが、どこか満たされず、少しかじっていた短歌をもっと深く学びたいと思いはじめました。そんな折、友人の木下春子さんが「合歓に入らない?」と声をかけて下さったのです。思いきって「合歓」の御茶ノ水歌会に連れていっていただきました。それが二〇一一年十一月、駿河台の銀杏並木が色づきはじめた頃のことでした。

　歯切れのいい久々湊盈子先生の語り口にたちまち引き込まれたことを覚えています。居並ぶ十数人の会員の活発な意見交換に、小さな池の魚がいきなり大海に迷い込んだようなカルチャーショックを受けました。わたしにできるかしら、という不安はもちろんありましたが、未熟なわたしの歌が仲間に揉まれる快感、そして久々湊先生の的確なアドバイスですてきな歌に生まれ変わってゆく嬉しさにすっかり嵌ってしまいました。いまは入会して九年目になるところです。

　母はこの歌集が出来るころ、百歳を迎えます。だんだん、日常的なことにも手がかかるようになってきました。しかし、母を心ならずも叱ったこと、笑ったこと、泣いたことなど、歌にしてしまえばふっと楽になります。歌にしようと思って現象を客観的に見ることによって自らを戒めることもあります。

百歳になる母に見てもらいたいということと、嫌な顔もせず介護の手助けをしてくれる夫、そして自分自身への応援歌として、またねぎらいの思いを込めて歌集を編むことといたしました。

最後になりましたが、久々湊先生のきめ細かなご指導のおかげで歌集という形が整いました、懇切な解説も書いて下さり、心より感謝申し上げます。また、短歌という自己表現の素晴らしい文芸にお誘いくださいました木下春子さん、有難うございました。

いつも楽しい「合歓の会」の皆さま、多くの友人知人の方々、拙い私の歌集をお読み下さり有難うございます。これからもどうぞよろしくお願いいたします。出版にあたりまして砂子屋書房の田村雅之様、髙橋典子さまにお世話になりました。すてきな装丁をして下さった倉本修様にも合わせて御礼申し上げます。

二〇二〇年三月　白木蓮の美しい朝に

長沼紀子

著者略歴

一九四四年十月　旧満州奉天生れ
一九七〇年五月　結婚　一男一女の母
　　同　　　　　美容室開店
二〇一一年　　　合歓入会
日本歌人クラブ会員

歌集　風越《かざこし》の峰《みね》

二〇二〇年六月二一日初版発行

著　者　長沼紀子
埼玉県川口市青木一—一八—二一—一七〇七（〒三三二—〇〇三一）

発行者　田村雅之

発行所　砂子屋書房
東京都千代田区内神田三—四—七（〒一〇一—〇〇四七）
電話　〇三—三二五六—四七〇八　振替　〇〇一三〇—二—九七六三一
URL　http://www.sunagoya.com

組　版　はあどわあく

印　刷　長野印刷商工株式会社

製　本　渋谷文泉閣